U0638207

总是静静地到来
到来后却更加岑寂
把世界都藏了起来

总是梦幻般地飘落
飘落后却满眼都是你
分不清天上地下

总是一望无际的洁白
是我想要的霸气
十月的北方
雪在梦里梦外

梦雪

郁小龙诗选

郁小龙 著
宋武征 绘

敦煌文艺出版社

图书在版编目（C I P）数据

梦雪 / 郁小龙著. -- 兰州 : 敦煌文艺出版社，2020.5（2022.1重印）
ISBN 978-7-5468-1885-6

Ⅰ. ①梦… Ⅱ. ①郁… Ⅲ. ①诗集－中国－当代 Ⅳ. ①I227

中国版本图书馆CIP数据核字（2020）第057597号

梦　雪
郁小龙　著

责任编辑：侯君莉
装帧设计：张　林

敦煌文艺出版社出版、发行
地址：(730030)兰州市城关区曹家巷 1 号
本社邮箱：dunhuangwenyi1958@163.com
0931-88152307(编辑部)　　0931-8773112(发行部)

北京一鑫印务有限责任公司印刷
开本 880 毫米×1230 毫米　1/32　印张 4.375　插页 2　字数 50 千
2020 年 10 月第 1 版　2022 年 1 月第 2 次印刷
印数：601~2 600

ISBN 978-7-5468-1885-6
定价：38.00 元

Contents 目录

第一辑

002 青稞酒
004 红玛瑙
006 迭部印象
012 晒佛节（外一首）
014 正月
016 甘南拉卜楞寺
018 玛曲草原
020 草原上的篝火
022 积石山的向往(外一首）
024 大河家
026 鸣沙山
028 北方雪
030 河西走廊葡萄酒
032 张掖丹霞
034 北京客人在甘南
036 高原上的拉卜楞

第二辑

040 祁连雪——纪念西路军
044 远去的上甘岭（外一首）
046 这里的太阳
048 戈壁，静静的大海
050 梦雪（外一首）
052 雪，你轻轻地下
054 祁连山
056 戈壁风
058 戈壁，你的衣裳去了哪里
060 我是戈壁的儿子
062 去敦煌
064 去看雪
066 崆峒山
068 秋

第三辑

072 献给莫高窟的守护者
074 赞樊锦诗
076 那个叫敦煌的地方
078 朝圣敦煌
082 归来
084 灵魂的大海
086 敦煌之光

目 录

第四辑

090 心中的台湾（外一首）
092 台北圆山饭店
094 黄埔的集合——参观黄埔军校旧址
096 鼓浪屿
098 九寨沟
100 游黄龙
102 青海湖，请抱着我
104 观武征雪景画
108 走过包家庄
110 风吹来了
112 春风闭上势利的眼睛
114 枫叶红的时候是花
116 风景
118 老知青
120 望雨中三峡
122 肇庆同谷山居
124 参观魏华雕塑馆
126 2011·埃及印象
130 春天的海子

后记

第一辑

青稞酒

冰雪中发芽的青稞
一粒粒
生长着坚忍
饮下一口青稞酒
流进血液的是
不屈
青青的酒哦
酿成火红的奔腾
那饱满的青稞
那用大碗喝的青稞酒
那醉了一下午的太阳
忘了下山

红玛瑙

它是高原上的眼睛
它有神奇的光芒
你心里有愿望
它就会闪烁
它带着高原人的体温
去世界追梦
那是我
一见钟情的红玛瑙

迭部印象

一

扎尕那的雾
严严地
笼罩着神山
像新娘的盖头
令我充满
血液沸腾前的期待
雾散去的瞬间
我已经步入仙境
只把那
一声声惊叹
留在人间
高高的神山上
站着我美丽的新娘

二

天险腊子口
昂首挺立着
刀劈斧削过的山
留下1935年
那一长串勇敢的脚印
理想的火炬
充满
前进的力量
茨日那村庄的藏寨木屋
桌上那盏油灯里
记忆着
伟人坚定的目光
腊子口炮声
叩开
北上的曙光
眺望远处
雪山顶上
朝霞里
那一抹红色的雪
是红军永恒的热血
风景啊
如此壮美

三

高原上的森林
用它的手指
分割着阳光
我走进
这个独立的世界
贪婪地收获
这一地的绿色光芒
疲倦的心
跳出身体
在林间醉了
高高的高原
高高的树
请收藏我
虔诚的眼神

四

这里的溪流
都是
有梦的水
流淌着
自己的色彩
我情不自禁地
捧起那五光十色
浇灌我
生命的旅程
那个夜晚
我梦见
自己是条彩色的河

（五）

卓玛的家
在山上
依山的藏寨
一台比一台高
夜幕降临时
山上星星点点的光亮
是灯
还是星
我看见
一扇窗户里
正闪过
藏袍上玛瑙的美丽

注: 迭部县是甘肃省甘南藏族自治州著名的风景胜地。

晒佛节（外一首）

正月十五
佛坐到了山上
在至高无上的位置
在乍暖还寒的风里
俯视一切叩拜
他能看见
我心里的事
我却想够着
他祝福的手

正月

正月
佛坐在山上
在阳光下
储藏着光芒

正月
许多双眼睛
望着山上的佛
空气里挤满了愿望

正月
与麦苗一起生长的
是心里的盼头
这是正月的幸福

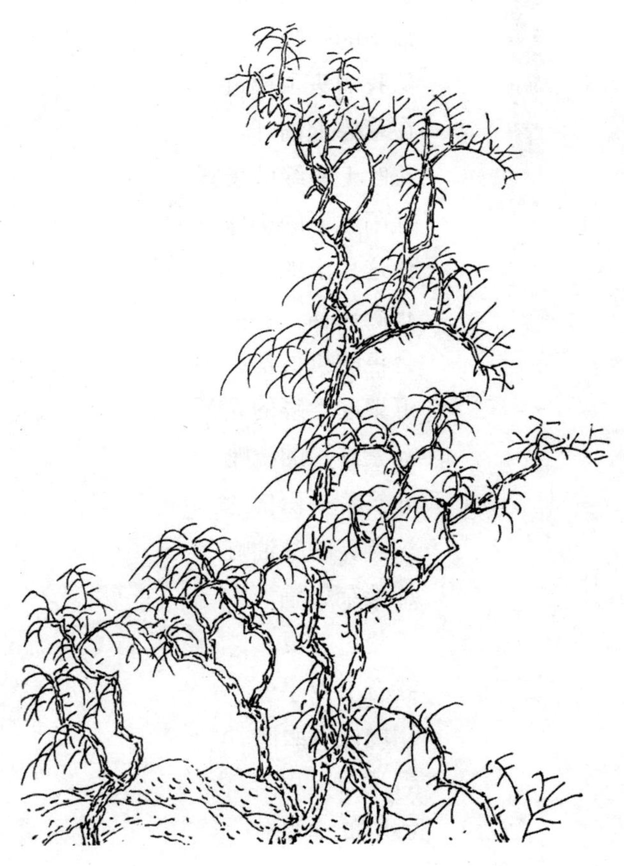

甘南拉卜楞寺

蓝天下的佛
正在无限地伸展
神圣的呼吸
从我的头顶拂过
在草原上铺开
花叶上翠绿的晨露
是阳光下的佛珠
让这片土地
布满祝福
金色的拉卜楞
汇聚起崇拜的光芒
穿紫红衣的喇嘛
守候着一份信念
被点亮的酥油灯
那朵朵火焰
正漫过心灵
我合上双手
用虔诚的眼睛
看见
心中的幸福

玛曲草原

看见黄河的人
都知道
它的汹涌澎湃
只有我
知道它的爱

去过玛曲的人
都知道
它是草原公主
只有我
知道它的情

一泻千里的黄河
第一次回头
是在玛曲的怀抱
留下爱情的见证——
一片美丽的湿地
绿色
是玛曲对大河
永久的思念

注：甘南玛曲草原海拔 3500 米，能看见黄河第一湾的景色。

草原上的篝火

点燃
草原上的篝火
发出
最原始的信号
我们的心啊
火一般烫
那火焰
为什么这样红
因为每张脸
都醉了
那火焰
为什么这样亮
因为每双眼
都放出光芒
那火焰
为什么不停地跳跃
因为歌唱生活的人
心中的音符在起伏
一堆篝火
一堆欢乐
锅庄舞的节奏
响在心头

积石山的向往（外一首）

登上鲁班石
坐在
一万年的星星上
跨进
一个遥远的梦
站在古渡口
仰望
如血的山崖
荡涤
灵魂中的黑暗
去泼上
我们的血性
去刻上
我们的意志
去触摸
最原始的冰川漂砾
去开垦
这片土地的丰收
用历史的积石
奠基
酿花儿的甜蜜
给你

注：甘肃积石山是保安族、东乡族、撒拉族自治县。

大河家

我的家
是大河的家
我的血
是大河的血
我的梦
是大河的梦
我的路
是大河的魂
虽然我
见到了
更多的河
喝过了
更多的水
但是
只有大河
叫我的生命如花
哦，生我养我的大河家
亲亲的河水
哗哗

注：大河家镇是积石山县与青海交界的著名贸易集镇，也是传说中大禹治水的地方。

鸣沙山

这是一座
有生命的沙山
每一粒沙子
都会鸣啼
每一粒沙子
都有记忆
无论风把它吹到哪里
天亮之前
它总能站回
原来的位置
山下
那湾月牙似的泉水
是它美丽的镜子
清晨
沙山在镜中
照见自己的影子
那挺拔的线条
一夜间
恢复了伟岸
炽热的身体
在阳光下
激动无比

哦，沙山
躺进你的怀里
只看见
无限大的蓝天
只想做
自由的白云
鸣沙，鸣沙
让我拥抱你
牵上飞天的手
惊人鸣啼
从现在起
做名扬天下的戈壁皇帝

注：鸣沙山，月牙泉是甘肃敦煌著名的景区。

北方雪

到北方去
看北方雪
用红红的炉火
代替太阳
用烫烫的土
承载一个家
用辣辣的酒
发酵激情
用厚厚的雪
冻掉屈服
在跨进春天的时候
脚步是涅槃的

河西走廊葡萄酒

千里长廊葡萄园，
莫高紫轩冰祁连[1]。
从来美酒话波尔[2]，
今夜已醉河西月。

注：①莫高、紫轩、祁连是甘肃河西走廊葡萄酒著名品牌。祁连冰红、冰白填补国内空白，获2008年国际葡萄酒品评赛金奖。
②葡萄酿酒源自法国波尔多。

张掖丹霞

你从海底脱颖而出
你把彩虹披在身上
你是山中的王子
你是大地的日出

你是丝绸之路上不落的丹霞

玛曲行

黄河恋玛曲，
彩虹两度祥。
一路笑声醉，
泉州[1]数牛羊。

梦甘南

石林守尕海，
白云卧草原。
人间仙境谁，
梦里寻甘南。

注：①陈翁祥是福建泉州人，慨叹草原牛羊数不清。

高原上的拉卜楞

离雪山近的地方
梦没有灰尘
哈达是洁白的
美丽的藏袍
把天上的彩虹
印在了布上
让生命变得鲜艳
酥油灯微微的火苗
照亮
我与佛的对话
哦，拉卜楞
寂静无声的交流

第二辑

祁连雪——纪念西路军

一

走近白雪皑皑的祁连山
就走近了红西路军
冬季的祁连
那漫天飞舞的雪花
总像一闪一闪的五星
哦
这是雪花的纪念
永存于山河
祁连，祁连
沉默的祁连
拉开胸膛的祁连
竖成了洁白碑的祁连
你抱着
两万将士的身躯
你抱着
先念向前的骨灰
你抱着
用鲜血凝结的记忆
终将还给历史

二

千里戈壁
千里雪山
千里西路军走过的地方
今天
我们每一次的走过
总会想起你
想起你
赤着的脚
比冰雪还坚硬
与敌人的马蹄拼跑
想起你
赤着的手
抱起石头去战斗
最痛的热血
被最寒冷的雪埋葬
想起你
高台城英雄军长的头颅
播下带血的种子
生长高于天的理想

想起你
战火中诞生的孩子
留在雪地里传来的啼哭
一声一声藏进了天下
母亲的心里

三

哦
祁连，祁连
春天的融化
只向东流淌
汇聚成一条
回家的河
朝着太阳奔腾
那是
永恒的西路

远去的上甘岭（外一首）

上甘岭啊
为祖国挺起胸膛
把最猛烈的炮火阻挡
你用鲜血
浇灭战火
和平回家的路上
铺满忠魂
硝烟散尽了
侵略者的困惑
却留在板门店的签字桌上
那里
埋着人类的勇敢
那里
有一块永远鲜红的山坡
哦，远去的上甘岭
你那骄傲的名字
如今是否
有人记得
有人陌生

这里的太阳

这里的风
不再呼啸
为英雄呜咽
这里的草
不再翠绿
带着弹片的锈色出土
这里的云
总是朝着一个方向
我的祖国
这里的太阳
总是最红
凝结鲜血与红旗
这里是
历史垂下头颅的
上甘岭

注：1952 年 10 月朝鲜战场上甘岭战役，我志愿军 1 万余人对抗敌军 7 万余人，激战 43 天，打出了国威，迫使敌方在《朝鲜停战协定》签字。

戈壁，静静的大海

像大海一样浩瀚
像大海一样磅礴
戈壁
你却选择了沉默
是因为
曾经的沧海
还是因为
你内心的桀骜
你托起
张骞的马蹄
破晓东方
你裹紧
玄奘的袈裟
取回佛经

你怀抱
莫高的殿堂
惊艳世界
你背负
千年的驼铃
成就了一条丝绸之路
你的惊涛骇浪
一次次冲破历史的节点
在浪尖上镌刻丰碑
哦，戈壁
静静的大海
是因为
你把呼啸与奔腾
留在了
历史深处

梦雪（外一首）

总是静静地到来
到来后却更加孤寂
把世界都藏了起来

总是梦幻般地飘落
飘落后却满眼都是你
分不清天上地下

总是一望无际的洁白
是我想要的霸气
十月的北方
雪在梦里梦外

雪，你轻轻地下

雪，你轻轻地下
不要这么厚
盖住世界的真相
我会迷失方向

雪，你轻轻地飘
不要这么浪漫
当我亲吻你时
再也找不到你的身影

雪，你轻轻地落
不要这么多
当大地只有洁白时
你已经输给了春天

祁连山

要用多少雪
才能堆起
这样洁白的伟岸
要用多少世纪
才能累积
这样涓涓的生命之水
哦，祁连山
巍峨的雪长城
左手是沙漠
右手是戈壁
狂沙铺天时盖不住你
暴风席卷时撼不动你
你像忠实的士兵
屹立在千里河西走廊
滋养着家乡的每一块土地
当我不顾寒冷地靠近你
用温热的手掌抚摸你
却带不走一片雪

戈壁风

一

空旷的戈壁
空空旷旷
没有麦子
没有妻子
只有沙和石
只有呼叫的风
还有我
荒芜的心

二

戈壁的风
搬走了山
搬走了河
也没有找到自己的家
像我自卑掩住的野心
夜夜孤独

三

风的梦
在一个叫酒泉的地方
吹醒
吹亮了整座城市
吹快了高铁的轮子
吹动了一号嫦娥的衣袖
像我不可思议的妄言
靠谱了

四

空旷的戈壁
不再清冷
风的臂膀
推动世界
像我默默地蕴积
只要
闪烁光芒
就会
一望无际

戈壁，你的衣裳去了哪里

在看惯树木和绿草的日子里
也不曾忘记你
戈壁，光着身子的大地
你的衣裳去了哪里
一团芨芨草
在阳光下孤独
无边的沙石
耗尽了滚动的气力
天空越来越低
戈壁越来越远
我想用雨水编织一件衣裳
一定是绿色的
它已经等了许多个世纪

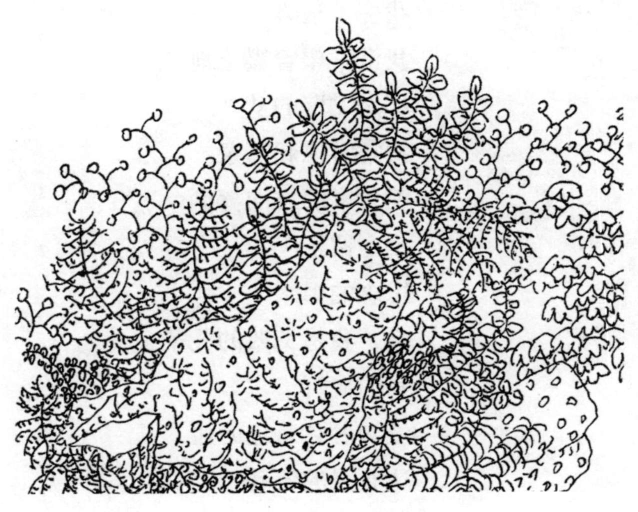

我是戈壁的儿子

从我诞生的那日起
戈壁已经苍老了
长不动庄稼
也找不到河流
为了心中的绿草和花朵
我去了远方
我常常望着黑土地
那是戈壁的梦
我常常捧起清泉
朝着家的方向挥洒
手上留下
思念的泪水
哦，我是戈壁的儿子
我的血管
流淌着它紫色的血
这顽强的流动
教会我
不再自卑

去敦煌

去敦煌
收获心中的光芒
吹一回
戈壁上酷烈的风
荡涤
岁月的困惑
喝一口
沙漠上苦咸的水
捧起
遗失的每一次幸福
顶一顶
旷野上裸露的太阳
呼吸
大地的干涸
守一守
敦煌人的寂寞
坦白我
灵魂的动摇

去看雪

去看雪
去看雪
去崇拜
它默默的含蓄
去享受
它雕塑般的宁静
去聆听
一个生命纯洁的自白
去惊叹
它改变世界的勇气
去带回
属于你的那片雪花

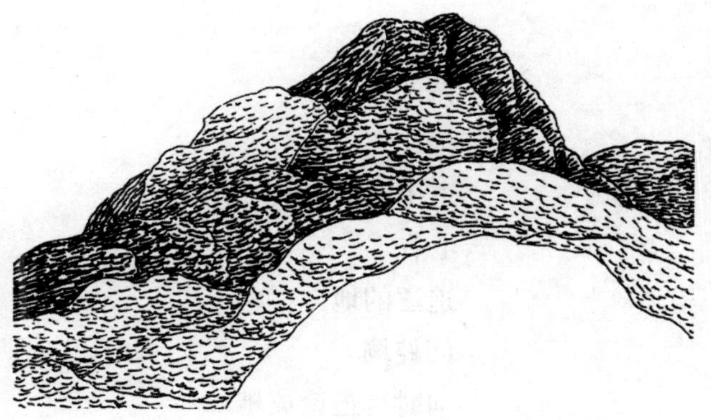

崆峒山

慕名上崆峒
十里台阶步步梦
借一片云
飞顶峰
抱一团雾
做仙神
美在
看不清的时候
心在
追逐的地方
问崆峒
何时得道论英雄

注：崆峒山位于甘肃平凉，著名的旅游景区，也是传说中黄帝问道的地方。

秋

金色的喜悦
流淌在满山遍野间
贪婪地呼吸
追逐
十里果实的飘香
收获的喧闹
沉寂在
最后一抹夕阳里
我站在
空旷的田野上
仰望
巨大而冷静的天空
任凭无遮挡的山风
猛烈地
掀起我的衣角
电流般
穿过我的胸膛
霎时
我仿佛走过了一生

第三辑

献给莫高窟的守护者

你老了，莫高窟年轻了
你守在这里
爱在这里
埋在这里
你温暖的生命像阳光
照亮了
后来人的足迹
你不息的奋斗像涌泉
湿润了
每一个来到这片戈壁的人
你说过
你的爱人会来这里陪伴你
你说过
等你老了去陪伴远方的孩子
你说过
你的一辈子

比起千年莫高窟
不算什么
是你
托起了敦煌永恒的美丽
是你
刻下了莫高永久的记忆

风起了
佛铃声里
有你心跳的节奏
沙落下了
静静的月光里
记得你熟悉的背影
哦，你走了
在莫高窟的光芒里永生

赞樊锦诗

你是浦江思念的女儿
你是莫高窟大写的主人
你是飞天飘洒的花朵
你是大漠戈壁永不干涸的水滴

你是一首写在敦煌不朽的诗

注：樊锦诗，原敦煌研究院院长，从北京大学毕业后，扎根戈壁沙漠半个世纪，潜心于敦煌石窟的考古研究，为敦煌莫高窟这一人类宝贵的文化资源的保护与利用做出了杰出贡献。被评为新中国成立60周年全国100位感动中国人物之一和改革开放40周年全国100名改革先锋之一。

那个叫敦煌的地方

一

你走过沙漠吗?
那是淹没生命的地方
我没有畏惧
沿着祖先勇敢的脚步
来到敦煌的菩提树下
千年的故事依旧鲜活
摘下一片分清善恶的宝叶
去抵挡欲望的贪婪

二

你穿过戈壁吗?
那是吞噬大自然美丽的地方
有一湾清泉
指引我走向敦煌
捧一掬这里的泉水
生命才能扎根
哦，是神水
是梦想成真的水

三

这里的每一个洞窟
都是生命铸成
要用心去数
才能数清
要用心血去看
才能神会
我迈着敬畏的脚步
在沉默的洞窟里
听见
振聋发聩的历史回声

四

清冷的月光
是戈壁夜晚唯一的光亮
忠诚地陪伴着敦煌
不因它荣，不因它枯
万般孤寂，诞生万千艺术
步入这片花海
那永恒的芬芳
浸润每一颗自由的灵魂

壁画之一

夜半，梦中惊醒
佛祖要出家了
一匹马，四只蹄，四位天神托起
一神管一只脚
不是马跑
是让马飞
一切羁绊都够不着它
神灵要去的地方
比天堂更远

《夜半逾城》，莫高窟第 329 窟 初唐

壁画之二

一千只眼
看见了什么
让我
为内心的丑恶而颤抖

一千只手
握住了什么
让我
用双手去创造一切

千手千眼观音像 莫高窟第 3 窟 元

壁画之三

你弹奏千年
荒漠不荒

我看你一眼
便是一生

四飞天 莫高窟第 428 窟 北周

归来

我悄悄地对你说着什么
心里的虔诚已是自觉
无论我去哪里
追逐大浪大潮
那颗澎湃的心
归来时
依旧平静而真实
哦，我心中的敦煌

灵魂的大海

我向往这片海
它足够深远
无论向前还是后退
理想的火焰不会熄灭

我向往这片海
它足够容纳
无论沉与浮
从未被抛弃

我向往这片海
哦，莫高之海
终将在它的怀抱里
诞生勇气

敦煌之光

一

当移去最后一抔泥沙
当拂去最后一缕尘埃
当贫弱母亲无力拥抱的时候
藏经洞那层薄薄的土墙开裂了
敦煌经卷——
一千七百年的奇珍面世了
虽是默默地出现
虽被廉价地出售
虽躺在了异国他乡
敦煌啊
你依旧惊艳世界

二

莫高窟在屈辱中呐喊
大泉河发出泣血的召唤
常书鸿来了
段文杰来了
樊锦诗和我们也来了
青春
在戈壁卧薪
人生
在洞窟尝胆

苦咸的水
燃烧着血液
呼啸的风沙
沉淀着理想
亲人的离散
让土炕的火苗
在痛苦中结冰
哦，漫漫的岁月里
留下一串串坚实的脚印
敦煌涅槃了

三

当晚霞染红了敦煌墓地的石碑
当常书鸿雕像走进年轻一代的合影
当数字敦煌向我们走来
当九层楼檐的佛铃在风中响起
当你沉默安静地走向第二个千年
当中华感受到你的力量之时
哦，敦煌啊
历史总要走远
色彩总会黯淡
只有你永不凋落的光芒
垂挂在历史的天空

第四辑

心中的台湾（外一首）

我童年的时候
台湾
是父亲的抒情长诗
我在诗里
听见台湾的故事

我中年的时候
台湾
是盼来的重逢地
我去台湾
看见日月潭的相思

我晚年的时候
台湾
仍是祖国最大的心事
我写下诗
台湾啊
一块不舍的土地
一湾深情的海峡
一道太久的伤痕
一页等待翻开的历史
终有一天
民族花红醉山河

台北圆山饭店

中国红的柱子
中国红的围栏
中国式的檐顶
中国式的摆设
这里的美丽
属于你
这里的记忆
属于中国
你一定有着
圆中华山河的梦
你早已把红地毯
铺进了
每一位同胞的心里

黄埔的集合

——参观黄埔军校旧址

黄埔，黄埔
空荡的营舍
泊岸的船舰
号角
不再响起
队伍
不再出发
哪里寻找
你勃发的英姿
哪里聆听
你叱咤的鸣笛
一位
迟暮的英雄
早已把光荣
镌刻在
骄傲的名字

黄埔，黄埔
每一次集合
都是向前
每一次出发
都是热血
中华的旗帜
猎猎呼啸
吹起
今日的号角
穿越海峡
数民族集合的风流
浩荡历史

鼓浪屿

鼓浪，鼓浪
鼓起日出火红的浪
只有母亲的怀抱
才会如此炽热

鼓浪，鼓浪
鼓起日落金色的浪
只有故土的稻香
才会芬芳血脉

鼓浪，鼓浪
鼓起心中守望的浪
轻轻拍向台湾岛
游子游子归来兮

九寨沟

都说
九寨归来不看水
一句话
让我走进了你的神话
那里有九个寨
那里有九色水
那里
叫人九回醉
一潭潭湖
一面面镜
照见
水下睡着的树
照见
水上赞美的脸
只有我
收获了水中的梦
临走
我还给了它

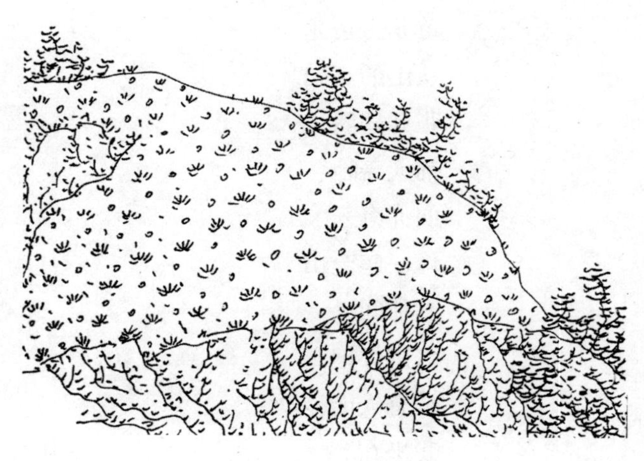

游黄龙

黄龙，只是它的名字
你到了那里
就会知道
它是一条金色的河
黄龙，黄龙
从山的高处
张开翅膀
铺天盖地
向你奔来
像一座金山
刹那间
落进怀抱
没有人能抱动它
我坐在

它经过的地方
用手指
沾一滴金水
满足
心中的渴望
我不敢停留
在这个
光芒四射的河边
美得窒息
黄龙，金色的河
流淌财富的地方
流淌我
追逐它的目光

青海湖，请抱着我

青海湖，辽阔的湖
你是湖的模样
却有海的锋芒
历史给你的深邃
让所有湖仰望
青青的山岗
是鹰搏击的地方
从这里出发
我们的翅膀
再也不能阻挡

青海湖，深情的湖
远方的鸟
来这里沐浴
远方的我
来这里平静
你掩住了狂野
沉去了喧嚣
像很久的爱
宁静而甘醇
当我走过你的身旁
只想轻轻地对你说
青海湖，请抱着我

观武征雪景画

一

雪的本质是水的艺术
用洁白造一个新的世界

二

山是无言的，树是无言的
我的艺术也是无言的
连接它们的是灵魂

三

山，因为它的高，叫人仰望
因为它的深，叫人敬畏
我却想用一张纸
画下它的风采

四

我的童年在农村
那里的小鸟和牛羊
与我一起长大
它们像我一样
都想穿上美丽的新衣裳

五

山顶上的树
总是骄傲的
靠近天空
俯视山峰

六

一台一台的山峦
是生命可以停留的地方
山的世界
重重叠叠
是个永远的谜
没有一双脚
能走完它

七

那块黑的山
那块白的云
那块黑的石
那块白的雪
是我情感依偎的
故乡十月

走过包家庄

一场春雪
落在包家庄的树上，屋上，山坡上
白茫茫的美丽叫我激动
挤走了那块土地上贫瘠的沉重
我心里的希望
像雪花滋润的嫩叶
一夜间
绿了整个包家庄

风吹来了

风吹来了
吹来了我
吹来了世界
我从风中走来
掠过
风看不见的痛

雨飘来了
打湿了我
打湿了每一条河
我从雨中穿行
蹚开
雨不知道的泥泞

在风和雨的分野处
有梦幻般的彩虹
那是
送给生命的礼物

春风闭上势利的眼睛

只要得意的时候
就会看见
自己变成了春风
只要沮丧的时候
就会看见
别人变成了春风
春风闭上势利的眼睛
吹遍
每一个角落
摸一摸
跳动的心
那是春风吹暖的地方

枫叶红的时候是花

枫
前半生是叶
后半生是花
是秋
叫它开的花
十月的枫树林
着实叫秋
在落幕的时候
火了一把

风景

别像
沙尘那样追风
混沌中
模糊了方向
像一片绿叶吧
在森林中独立呼吸

别像
暴雨那样宣泄
会压抑
真理的发芽
像一片雪花吧
给种子送去温暖

别像
孤独的旅行
寂寞了
很久的爱
像盛开的花朵吧
吐出唯一的芬芳

老知青

我站在田野上
喜欢闻城里没有的清香
谷物、油菜花或茂盛的果树
那是生命丰富的滋味
每一颗沉甸甸的果实
像我们的爱

我站在田野上
蒲公英自由飞翔
风中飘来恋人的笛声
或火辣辣的目光
抹不去的青春
像天上朵朵洁白的云

我站在田野上
用目光寻找
拥抱过的那个麦垛
它记得我
紫红色的灯芯绒衣
那是离家时母亲买的

我伸出双手
去抚摸
岁月的温暖
眼前的土地
年轻而朦胧
像我们奔跑和欢笑的样子

望雨中三峡

烟雨笼坝舞梦幻，
淡墨水天海市叹。
从来浪尖领风骚，
难得豪气半遮面。

肇庆同谷山居

同谷水声梦里听，
蕉叶翠竹绿天空。
南方北方山比山，
葱葱莽莽争画宠。

注：2014 年 7 月武征广州画展，与友人王见一行小住肇庆同谷山居，领略南方风光。

参观魏华雕塑馆

捧起大地土，
千佛面人生。
南风吹来时，
炉火红彤彤。

注：魏华雕塑馆位于广东佛山宋代南风窑古遗址。

1.去尼罗河

去尼罗河
捞起
金字塔的秘密
我来向世界宣布
别说，别说
只告诉你

去尼罗河
看见
五千年的星星
那是法老的眼睛
别说，别说
只告诉你

去尼罗河
捧一掬
最长的水
里面有最远的故事
别说，别说
只告诉你

2.兔年在埃及

那个年
埃及记住了我
有许多兔
和我在一起
剪的纸兔
捏的泥兔
绣的彩兔
会演影子戏的皮兔
我们一起
蹦进了新的年
那个年哟
绣在了心上
缝进了心里
留在
最长记忆的沙漠
春的祝福
悄悄地
裹进了
埃及的头巾里

3.不眠的夜晚

那个夜晚
只有不眠的你
我睡着了
你却醒着
倾听
愤怒的声音
挥舞的旗帜
手中的棍棒
一起划破了
金字塔的沉寂
装甲车的履带
碾碎了
沉重的呼吸
枪声
击灭了星星
一片漆黑的天空
只剩下
惊恐的眼睛
闪烁光芒

注：2011 年 1 月下旬，甘肃非物质文化遗产代表团参加文化部在埃及举办的欢乐春节活动。活动期间遇上埃及国内政治事件。

春天的海子

总是
遥远的大海
总是
春暖花开的时候
波浪般掀起
我们对诗的崇拜
忘不了
亚洲铜
埋着祖先
也埋着你
忘不了
四姐妹
抱着昨天的大雪
抱着今天的雨水
在最好的季节
我们走近大海
倾听波涛
像你澎湃的诗
涌入春天

后记

Epilogue

有诗陪伴的生活是安静的，独立的，也是激情的，喜欢的；

有诗人父亲的陪伴是默默的，幸福的，也是有动力的，不懈怠的；

有朋友陪伴的诗是温暖的，期待的，也是懂我的，快乐的。

武征先生的插图为诗集带来了美丽想象的空间，真美，真好！

感谢著名书法家王见先生赐的墨宝，并以此为书名。

郁小龙

2019 年 7 月